UNE PAGE

DE

L'HISTOIRE D'UN HOMME DE BIEN

A propos du Bout de l'An

DE

M. ARTHUR SAVART Fils

ET DE LA

BÉNÉDICTION SOLENNELLE

DU

MONUMENT FUNÉRAIRE DE LA FAMILLE SAVART

A SAINT-MICHEL (Aisne)

9 AOUT 1881

PARIS

SOCIÉTÉ D'IMPRIMERIE ET LIBRAIRIE ADMINISTRATIVES ET DES CHEMINS DE FER

Paul DUPONT

41, RUE JEAN-JACQUES-ROUSSEAU (HÔTEL DES FERMES)

1881

UNE PAGE

DE

L'HISTOIRE D'UN HOMME DE BIEN

A propos du Bout de l'An

DE

M. ARTHUR SAVART FILS

ET DE LA

BÉNÉDICTION SOLENNELLE

DU

MONUMENT FUNÉRAIRE DE LA FAMILLE SAVART

A SAINT-MICHEL (AISNE)

(9 Août 1881)

PARIS

SOCIÉTÉ ANONYME D'IMPRIMERIE ET LIBRAIRIE ADMINISTRATIVES ET DES CHEMINS DE FER

PAUL DUPONT

41, RUE JEAN-JACQUES-ROUSSEAU, 41

1881

PRÉFACE

Il semble qu'un acte pareil ne doive pas
dépasser les limites de la famille ; que les regrets, les douloureux souvenirs qu'il rappelle
sont de ceux qui restent dans la plus étroite
intimité. Cela serait vrai si, seuls, les parents
désolés eussent pu faire sans bruit ce que
l'amertume de leur cœur leur commandait ; mais
quand on est, comme M. Savart, l'étoile tutélaire
de la paroisse et de la commune ; quand, comme
lui, on est proclamé le Bienfaiteur des Pauvres
et l'homme dévoué à tout ce qui contribue au
bien-être de la population, les uns et les autres

ne pouvaient rester indifférents à ce qui allait se passer devant leurs yeux, sans contribuer à en relever l'éclat dans la mesure du possible.

C'est ce qui est arrivé.

Il serait donc injuste de ne pas reconnaître le grand empressement de tous, petits et grands, et le meilleur moyen de le faire avec courtoisie est d'établir d'une façon durable la somme de dévouement que vient de recevoir M. Savart de la part de ses concitoyens.

D. A. C.

I.

LA CÉRÉMONIE.

Une cérémonie aussi mémorable ne peut être bornée au contenu d'un procès-verbal, qui n'a et ne peut avoir assez d'ampleur pour retracer les diverses phases de cette superbe journée. J'ai pensé que, confident des bonnes œuvres de M. Savart, il m'appartenait de compléter cette pièce aride par une introduction assez étendue. Elle permettra à ceux qui viendront après nous de savoir comment un homme de bien reçoit la récompense de ses sacrifices et de son incommensurable charité, et remémorera chez tous les assistants le précieux souvenir d'une si cordiale et si somptueuse hospitalité.

Les Invités de Paris.

Le 9 août 1881, à 5 heures 30 du matin, partait de la gare du Nord le train spécial mis par M. Savart à la disposition de ses invités. Ce train, composé de wagons-salons et de voitures de 1re classe, ne s'arrêta que pour les besoins du service de la machine et pour la collation préparée à l'avance, à la gare de Laon, par la délicate attention de M. Savart.

Arrivé à Saint-Michel (Aisne), sa destination, M. Savart, qui s'y trouvait depuis l'avant-veille, vint recevoir les invités et leur fit prendre place dans les voitures mises spontanément à sa disposition par tous les notables de la localité.

Les Arcs de Triomphe.

Durant le parcours de la gare à l'Orphelinat, les invités de Paris et ceux des départements voisins purent admirer les sympathies de la population pour M. Savart. Quatre arcs de triomphe étaient dressés :

Le premier, à quelques pas de la gare, avait pour inscription :

Honneur à M. Savart et à ses amis!

Le deuxième, à la jonction du chemin actuel, avec le remblai de la grande voie de communication en construction, portait ces mots :

A M. Savart, la commune reconnaissante.

En effet, c'est grâce à l'inspiration bienfaisante de leur éminent compatriote et aux cent mille francs par lui versés, qu'un boulevard droit et spacieux permettra aux quartiers espacés de se donner la main, et, comme l'Orphelinat est l'axe où convergent tous les labeurs du pays, la classe ouvrière pourra, avec infiniment moins de perte de temps, prendre et livrer son travail, comme, d'un autre côté, les fidèles pourront, par le même chemin, se rendre, pour la prière, à l'Eglise restaurée et embellie, attenant à l'ancienne abbaye de Saint-Michel.

Le troisième arc de triomphe placé à l'entrée de la petite place de l'Eglise concentrait en lui les remerciements de la partie pauvre de la population ; on y lisait :

Au Bienfaiteur des Pauvres.

Plus bas était suspendu un gracieux médaillon enguirlandé de feuillage, portant ces mots :

A Nos Seigneurs vénérés.

Cette deuxième partie de l'inscription s'adressait à Monseigneur l'Archevêque de Cambrai et à Monseigneur l'Evêque de Soissons, également les hôtes de M. Savart et arrivés depuis la veille.

Enfin, le quatrième arc se trouvait à quelques mètres de l'entrée du cimetière ; il portait ce simple mot :

Regrets.

———

II.

L'Arrivée des Invités a l'Orphelinat.

Passant par la place de l'Eglise les voitures amenèrent les invités dans la cour d'honneur de l'Orphelinat, où M. Savart vint recevoir chacun d'eux. Ils furent ensuite conduits au grand parloir, qui avait été intelligemment choisi pour lieu de réunion, et où se trouvaient déjà réunies la municipalité et les autres autorités locales : garde des Eaux et Forêts, officiers douaniers, etc;, etc.

Le parloir est une vaste pièce carrée, d'une

hauteur de plafond comme on n'en fait plus ; propre, sans ornementation à fracas, elle renferme une énorme table recouverte d'un tapis vert. Quelques cadres de dévotion, comme le comporte l'habitation des humbles Sœurs de la Charité, en forment le modeste ameublement.

Une belle cour sablée sépare le parloir d'une pièce dont la porte à deux battants est entourée de draperies. Cette pièce est la résidence passagère de l'illustre Monseigneur Duquesnay, archevêque de Cambrai.

III.

LE SERVICE RELIGIEUX.

A 10 heures 1/2, le maire, M. Loncle, le Conseil municipal, M. Soye, député de la circonscription, M. Savart, escortés par la compagnie des sapeurs-pompiers de Saint-Michel, en grande tenue, suivis de tous les invités, se dirigent, musique en tête, vers l'Eglise.

En franchissant le seuil, les tambours battent aux champs et rappellent, par cet honneur militaire, à ceux qui possèdent la Foi, qu'ils entrent dans la Maison de Dieu.

Les bas côtés sont déjà combles; il est impossible à la foule énorme qui est massée sur la place de pénétrer dans le sanctuaire, qui a cependant les dimensions d'une église de grande ville.

Le chœur, où sont placés des fauteuils et des chaises, est réservé aux invités. Les pompiers forment la haie de chaque côté; deux sous-officiers se détachent et vont, conformément à l'usage, se placer près du sanctuaire.

Les invités prennent place. M. Savart, en tête du côté droit, a près de lui M. Soye, député de la circonscription; de l'autre côté, à gauche, M. Loncle, maire de Saint-Michel, puis le Conseil municipal et les autres invités.

La vaste Eglise de Saint-Michel, ancienne propriété des moines du grand monastère qui y attenait et qui avait été en grande partie détruite sous la Terreur, recevait dans ses murs, à peine réparés, deux grandes illustrations épiscopales: Monseigneur l'Archevêque de Cambrai, grand ami de M. Savart, et Monseigneur l'Evêque de Soissons et Laon.

Deux trônes blancs bordés de violet, d'une grande simplicité mais du meilleur goût, étaient dressés en face l'un de l'autre, dans le sanctuaire, à quelques mètres du grand autel.

Celui de droite était occupé par le prélat officiant, Monseigneur l'Evêque de Soissons ; celui de gauche, par le vénérable Archevêque de Cambrai.

L'Evêque diocésain est de petite taille, mais d'une physionomie si avenante et si respectable que l'on se sent de suite porté vers lui par une sympathique vénération. ·

L'Archevêque de Cambrai est au contraire de haute stature, sans embonpoint. Sa voix de basse taille raisonne d'un bout à l'autre de l'édifice.

Ceux qui ont connu Sa Grandeur il y a quelques années trouvent que la direction de son dernier diocèse l'a courbé avant l'âge et craignent que le nouveau, le plus populeux de France, ne le fatigue encore davantage.

———

IV.

LES DÉCORATIONS DE L'ÉGLISE.

Le maître-autel était tendu de noir comme le comportait la cérémonie ; des chaises remplaçaient les stalles qu'un édifice pareil devrait posséder. Le nombreux clergé, environ 30 prêtres, y prirent place. L'archiprêtre de la cathédrale de Saint-Quentin se tenait à la gauche de son évêque.

A chaque pilier de la Basilique étaient suspendues des bannières noires bordées de blanc. Des larmes également blanches entouraient les lettres A. S. qui sont les deux initiales du défunt, M. Arthur Savart fils.

Le catafalque élevé au milieu de l'Église était brillamment illuminé. De riches couronnes le recouvraient entièrement. On remarquait entre autres celles de M. Savart père, de ses associés, des divers entrepreneurs et amis. Elles étaient d'une grande valeur.

V.

LA MESSE.

La messe pontificale commence.

Aussitôt l'*Introït*, la maîtrise de l'église de la Trinité de Paris chante le *Kyrie* sous les accents d'une mélodie si plaintive qu'elle pénètre l'âme de tous les assistants.

C'est grand dommage que les orgues de Saint-

Michel, en fort mauvais état, n'aient pu être utilisées. Sous l'habile direction de M. Salomé, organiste, les divers chants, *Dies iræ*, *Agnus Dei*, eussent été entendus dans leur plus pur éclat, tandis que la maîtrise placée dans la chapelle lattérale de droite, à proximité du maître-autel, malgré l'incontestable mérite des chanteurs, les voix, pour ainsi dire étouffées et manquant d'ampleur, n'ont pas paralysé le succès de nos artistes parisiens, mais l'effet qu'on devait en attendre a été considérablement diminué.

Seuls ceux qui étaient placés près des artistes ont été émerveillés d'un si parfait ensemble de voix harmonieuses.

M. Agnel, à qui l'on doit le concours de la maîtrise, n'avait pas oublié, pour rendre un témoignage d'estime à son ami M. Savart, d'inviter deux célébrités, un violoniste et un hautbois. Les soli exécutés par ces artistes ont été fort écoutés et surtout fort appréciés des connaisseurs.

Quelle que soit la croyance d'un homme, il est impossible à celui qui assiste à une cérémonie de l'Église catholique de méconnaître la grandeur de ses offices. Le cérémonial emprunte un caractère si éminemment élevé que l'on ne peut, avec les esprits forts, penser que tout ce qui se fait à l'autel est tout bonnement une mise en scène théâtrale.

Les prières adressées à l'Être suprême, cet encens offert à Dieu par des ministres âgés et vénérés, ces paroles de paix entre les hommes et de miséricorde envers le Créateur ne peuvent être faites et dites sans la participation de l'âme. Il faut que ceux-là qui prient ainsi croient fermement à Dieu et à la sainteté de leur ministère, sinon ce serait commettre le plus exécrable sacrilège et jouer la plus affreuse comédie.

Ne faisons pas l'humanité plus mauvaise qu'elle n'est. Laissons-lui des hommes vertueux.

Ne posons pas en principe l'hypocrisie générale.

Songeons au contraire aux grands esprits et aux philosophes anciens et modernes qui ont écrit sur la divinité. Admettons qu'ils en parlaient avec conviction et qu'ils y croyaient sincèrement.

En envisageant ainsi les hommes et les choses, nous nous méfierons moins de nos semblables, et, si notre destinée nous porte à nier la Providence, au moins nous ne trouverons pas mauvais que ceux qui y croient s'attachent à leur croyance et nous reconnaîtrons qu'ils ne sont ni plus à plaindre ni plus à blâmer que nous.

———

VI.

LE SERMON.

Après la messe et avant l'absoute, Monseigneur l'archevêque de Cambrai monte en chaire et prononce le sermon suivant. Je ne saurais me rappeler les expressions exactes du grand prédicateur, je me bornerai à la substance de ses paroles :

« Mes très chers frères, dit-il de sa voix forte
« et sonore, j'ai demandé la permission à Mon-
« seigneur l'évêque de Soissons, qui a tout pou-
« voir dans son diocèse, de vous adresser quel-
« ques paroles. Avec la bienveillance qui le
« caractérise, Sa Grandeur me l'a permis et je
« l'en remercie vivement.

« Mes chers frères, pour que deux membres
« de l'épiscopat assistent à une cérémonie parti-
« culière où rien ne semble indiquer leur place,
« il faut que ce soit pour honorer une haute
« personnalité comme celle de mon très cher et

« ami M. Savart, que je connais depuis trente-cinq
« ans et que j'ai vu à l'œuvre pendant sa longue
« carrière de travailleur.

« Vous savez, mes chers frères, que votre
« illustre compatriote est parti d'ici en 1846,
« sans un sou dans sa poche ; que, par son infa-
« tigable ardeur au travail, secondé par sa digne
« épouse, Mme Savart, il est arrivé à la situation
« de fortune que vous lui connaissez.

« Il en fait, comme vous savez, un noble
« usage et Saint-Michel lui doit beaucoup de
« reconnaissance, sans compter les bienfaits
« futurs qui sont promis, entre autres l'hospice
« des vieillards.

« D'ailleurs, c'est une justice à rendre à la
« population qui m'entoure et m'écoute ; elle a
« tenu à honneur de prendre part à la douleur de
« ce père et de cette mère éplorés, perdant
« leur unique fils. Les desseins de Dieu sont
« impénétrables.

« Vous voyez également, mes chers frères,
« qu'un grand nombre d'amis, presque tous
« commerçants de Paris, sont aussi venus
« rendre un digne hommage à leur confrère,
« M. Savart.

« Eh bien, mes très chers frères, il faut tirer

« de ceci un grand enseignement, c'est que le
« travail peut enrichir le plus pauvre, mais il
« faut qu'il aime Dieu, auquel nous devons
« tout.

« Sans Dieu, M. Savart n'eut rien fait par
« lui-même, malgré son activité ; car, si Dieu
« ne lui eût pas accordé la santé, l'intelligence,
« l'ordre et la conduite, mon grand ami,
« M. Savart, malgré toute sa bonne volonté,
« serait resté l'obscur charbonnier de Saint-
« Michel.

« Donc, mes très chers frères, Dieu est la
« source de toute fortune, et ne croyez pas que le
« travail soit déshonorant et qu'il doive être
« considéré comme la punition de la première
« faute de l'homme. C'est, au contraire, ce qu'il
« y a de plus noble et de plus beau.

« Quand je rencontre dans la rue un brave
« ouvrier noirci par le travail, je me découvre
« et le salue, tandis que, lorsque je passe sur
« les boulevards de nos grandes villes devant un
« fils oisif qui vit de l'héritage ou de la fortune
« de ses parents, eh bien, mes très chers frères,
« je n'éprouve pas du mépris... il ne faut
« mépriser personne, mais j'en ai pitié, car cet

2

« homme ne produit rien et n'est utile à per-
« sonne.

« Qu'y a-t-il, très chers frères, de plus beau
« que l'ouvrier qui élève sa famille en tra-
« vaillant? Celui-là voit grandir son bien-être et
« a l'orgueil de dire : C'est par mon travail que
« mes enfants ont le nécessaire et souvent le
« superflu. Mais je plains l'ouvrier qui fréquente
« le cabaret et qui y dépense le pain de ses
« enfants; oh! celui-là, mes très chers frères,
« non-seulement il faut le plaindre, mais il faut
« aussi le blâmer.

« Je sais qu'il y a à Saint-Michel, pour une
« population de dixième ordre, 100 cabarets.
« N'est-ce pas énorme, mes très chers frères?
« Il me semble que c'est au détriment de la fa-
« mille, qui va peut-être manquer du nécessaire,
« qu'on fait vivre tous ces débitants.

« Je ne veux pas vous retenir plus longtemps,
« mes très chers frères; seulement, laissez-moi
« vous dire en finissant qu'il dépend de vous
« d'arriver en travaillant, sinon à la fortune de
« votre compatriote, du moins à l'abri de la
« nécessité dans la vieillesse, si, comme lui, vous
« travaillez en chrétien.

« C'est la grâce que je vous souhaite. »

L'impression produite par ce sermon, dit avec des accents d'une bonté touchante, a été profonde. Il semble impossible que ceux des ouvriers qui continueront d'aller au cabaret puissent ne pas songer, en franchissant le seuil de l'établissement, au paternel avertissement qui leur a été donné, non pour les priver à jamais d'une distraction souvent inoffensive, mais pour les inviter à ne pas prendre une habitude qui ne peut être contractée qu'aux dépens des intérêts de la famille.

Avant de descendre de la chaire, Mgr l'archevêque de Cambrai a reçu de M. le curé de Saint-Michel, dans une excellente allocution, les remerciements du clergé de la paroisse et du diocèse pour l'honneur qu'il leur avait fait en se rendant à la cérémonie. M. le curé a profité de cette circonstance pour dire tout le bien que l'Eglise et les paroissiens recevaient de M. Savart, l'en a remercié d'une façon émue et lui en a témoigné, au nom de tous, son inaltérable reconnaissance.

VIII.

La Bénédiction du Monument

Après l'absoute donnée par Mgr l'évêque de
Soissons, le prélat et le clergé se sont dirigés
processionnellement vers le cimetière, suivis des
invités et d'une foule immense.

En entrant dans le champ de repos on aper-
çoit, à une centaine de mètres à gauche, le
magnifique monument funèbre destiné à renfermer
les restes de cette famille de bien qui a nom
Savart.

Rien de plus grandiose et de plus riche à la
fois que cette chapelle funéraire faite de marbre
et de granit. Aucun de ceux que j'ai vus dans
les cimetières de Paris, où la richesse fourmille,
ne peut rivaliser avec celui-ci. Il n'est ni simple
ni trop chargé ; c'est une architecture de bon
goût qui fait à elle seule l'éloge de M. Richard et
de ses collaborateurs.

Les deux groupes placés à droite et à gauche
des marches qui conduisent à l'intérieur de la
chapelle, sont dus au ciseau de M. Delaplanche,
grand-prix de Rome.

L'un de ces groupes représente le Travail et

se compose de deux sujets. L'un d'eux est M. Savart, fort ressemblant, donnant les premières notions de cordonnerie à un jeune ouvrier de sa fabrique, également ressemblant.

C'est une œuvre émérite.

Eh bien! jamais groupe ne rendra l'expression paternelle de M. Savart élevant ses apprentis dans le rude métier de travailleur. Les soins de chaque instant, la douce persuasion avec laquelle il enseigne, sa sollicitude pour tout ce qui touche à l'élévation du corps et de l'esprit, sont autant de choses qui ne peuvent être rendues sur un marbre, quelque éclatante que soit cette œuvre magistrale.

C'est que l'ouvrier honnête et laborieux est pour M. Savart une partie de lui-même. Il l'aime et le protège de toutes ses forces.

Comment pourrait-il en être autrement? N'est-ce pas sa propre incarnation? Ouvrier lui-même, il n'a jamais cessé, depuis qu'il est patron, de vivre au milieu des travailleurs, comme un père vit avec bonheur au sein de sa famille.

L'autre groupe symbolise la Charité tenant un enfant entre ses bras et couvrant des plis de son manteau un malheureux vieillard.

Le mausolée, qui occupe une surface d'envi-

3

ron 400 mètres, est entouré d'une magnifique grille bronzée.

Une plantation d'arbres embellira l'allée qui conduit au monument, qui sera lui-même contourné d'un petit jardin d'agrément.

Après la bénédiction, le clergé se retire. Mgr l'évêque de Soissons bénit sur son passage les fidèles agenouillés, puis, la foule, qui n'a pu contempler de près la chapelle funéraire, s'en approche peu à peu et s'écoule ensuite émotionnée de tout ce qu'elle a vu et entendu pendant cette mémorable journée.

IX.

LE REPAS.

L'immense atelier des orphelines divisé pour la circonstance en deux parties, par des tentures blanches parsemées de feuillages, avait été coquettement aménagé pour servir de salle à manger. Les tables formaient un vaste parallélogramme ayant un de ses petits cotés ouvert pour les besoins du service.

250 couverts attendaient les invités, qui prirent place dans l'ordre suivant :

Au milieu du petit côté du parallélogramme,
M. Savart, ayant à sa droite Monseigneur l'Archevêque de Cambrai, à sa gauche Monseigneur
l'Evêque de Soissons ; à la droite de l'archevêque,
M. Soye, député de l'Aisne ; à la gauche de
l'évêque, M. Loncle, maire de Saint-Michel.

Puis viennent les invités, placés à peu près
dans le même ordre de préséance que durant
la cérémonie.

Le service de table fait, par de nombreux garçons, n'a rien laissé à désirer. Personne ne
manquait de rien et les offres étaient faites avec
politesse par les gens de service.

Au dessert, M. Loncle, maire de Saint-Michel,
se lève et prononce le discours suivant :

« MESSEIGNEURS, MESSIEURS,

« J'hésiterais à prendre la parole dans une réunion d'hommes aussi distingués, si je n'avais à
m'acquitter d'un devoir qui m'a été confié par le
Conseil municipal. La commune de Saint-Michel
est trop reconnaissante des bienfaits et des libéralités de M. et de Mme Savart, pour laisser
échapper l'occasion qui s'offre de les en remercier publiquement, dût la modestie de M. Sa-

vart en souffrir. Je vous dirai, Messieurs, tous les titres qu'ils ont à notre reconnaissance.

« Mais, avant, que M Savart me permette de le féliciter ; il a reçu par la présence ici de Nos Seigneurs l'Archevêque de Cambrai et l'Evêque de Soissons, le plus éclatant hommage qu'il soit possible de rendre au caractère d'un homme ; car, s'il arrive souvent que des prélats quittent leurs diocèses pour assister aux grandes cérémonies de l'Église, il est rare qu'ils fassent ce suprême honneur à un particulier ; il faut que celui-ci, par sa conduite publique et privée, par l'éclat de ses bonnes œuvres, se soit acquis des droits à la considération générale,

« Pour vous, Messieurs, en venant vous unir aux éminents prélats, dans un même sentiment d'amitié et d'estime, vous avez fait de cette journée, bien qu'elle ait ravivé dans le cœur de M. et Mᵐᵉ Savart une plaie encore saignante, vous avez fait, dis-je, de cette journée, sinon la plus heureuse, du moins la plus honorée de leur vie.

« Je vous ai dit, Messieurs, que je vous ferais connaître les services que M. Savart a rendus et rend chaque jour à notre pays : Le premier, et peut-être de tous le plus important, est assurément l'implantation ici de l'industrie de la chaussure. A l'époque où elle se fit, nos ouvriers souffraient, car l'ouvrage manquait. Une autre industrie, qui longtemps avait fait vivre la population (le peignage à la main), venait de succomber écrasée par le peignage mécanique; c'est alors que M. Savart, dont la fortune commençait à récompenser le travail, apporta la branche de salut à ceux que la misère allait étreindre. Il ne s'était cependant pas dissimulé les nombreux sacrifices qu'il lui fallait faire pour établir une industrie nouvelle dans ce pays. Mais enfin, Messieurs, rien ne l'arrêta; toutes les difficultés furent vaincues, et le succès couronna ses efforts.

« Bientôt, à une ère de malaise qui menaçait de devenir une ère de privation, succédèrent l'aisance et la prospérité. Le pays se transforma comme par enchantement, et, aujourd'hui, après un temps relativement court, il ne reste plus rien de l'ancien Saint-Michel, de celui que l'on appelait si pittoresquement Saint-Michel au désert.

« Je ne veux cependant pas, Messieurs, méconnaître l'influence heureuse des autres industries du pays, loin de moi cette pensée; mais je puis dire, sans cesser d'être juste, que l'industrie de la chaussure est la première et principale cause de cette transformation.

« Entre temps, Messieurs, après des circonstances qu'il est inutile de rappeler ici, M. Savart crée l'Orphelinat : de nombreuses jeunes filles y sont admises ; et là, sous les yeux maternels des Sœurs de Saint-Vincent-de-Paul, elles apprennent à devenir de bonnes ouvrières, et seront d'honnêtes mères de famille dans l'avenir. C'est déjà, Messieurs, un grand bien pour le pays ; mais ce n'est pas tout, car M. Savart, avec une générosité digne des plus grands philanthropes, a pensé à utiliser le zèle des bonnes Sœurs d'une autre façon ; là, maintenant, depuis dix ans, chaque hiver, pendant six mois de l'année, 40 pauvres viennent s'asseoir à une table ouverte spécialement pour eux, et y reçoivent la nourriture de chaque jour.

« Messieurs, il y aurait de l'ingratitude à parler de l'Orphelinat, sans penser à remercier les Sœurs qui le dirigent, du zèle, du dévouement, de l'abnégation qu'elles apportent dans l'accomplissement de leur tâche ; à elles tous nos remerciements pour les soins qu'elles donnent à nos pauvres.

« Messieurs, M. Savart a été frappé dans ses affections les plus chères; dès lors, il se consacre encore plus au bien de son pays; il recherche les améliorations; il sait combien, dans ce pays si accidenté, les relations sont difficiles entre les différents quartiers : il verse 100,000 francs dans la caisse municipale pour l'ouverture d'une voie nouvelle, voie magnifique dont vous avez pu voir les premiers travaux. On manque de lavoirs publics, il en fait construire quatre, un dans chaque quartier, et hier il m'en a promis un cinquième.

« Il voit que notre cimetière, qui possède maintenant un des plus beaux monuments qui existent en France, manque de clôture défensive; dans quelques jours, on commencera la construction d'un mur qui l'enveloppera de tous côtés.

« Pour l'avenir, Messieurs, M. Savart a de grands projets dont la réalisation apportera de grandes améliorations dans l'existence de la classe ouvrière.

« En présence de cette libéralité sans égale, je me sens, Messieurs, impuissant à trouver des expressions qui rendent les sentiments de gratitude que tous nous avons pour M. Savart. Je ne puis que le prier de vouloir bien considérer l'accueil si spontané et si empressé que le Conseil municipal, la Compagnie des sapeurs-pompiers, la Société de musique, enfin, la population tout entière, ont fait à ses amis et à lui-même comme le plus éclatant témoignage d'une reconnaissance sans bornes. »

Les dignes paroles du premier magistrat de la localité sont fréquemment couvertes de bravos et d'applaudissements.

M. le docteur Soye, député de l'Aisne, lui succède.

Il porte un toast à M. Savart et à la noble assemblée et explique en quelques mots chaleureux et pleins de tact sa présence à cette solennité :

« Il s'est fait, dit-il, un devoir de répondre à « la courtoise invitation de M. Savart, ce grand « bienfaiteur de l'humanité dont il admire depuis « longtemps les œuvres innombrables.

« Il le prie de croire qu'il est et sera toujours « à sa disposition pour l'aider de son mieux « dans sa carrière philanthropique. »

M. Savart remercie les deux orateurs de leurs bons sentiments à son égard. Il espère que, dans un temps peut-être fort peu éloigné, il pourra avoir besoin du concours de ses deux éminents concitoyens.

M. Marie Soufflet, conseiller général du Nord, fait, en quelques mots, un pompeux éloge de l'éminent archevêque de Cambrai dans le discours suivant :

« MESSEIGNEURS, MESSIEURS,

« L'alliance contractée par mon fils avec l'une des plus honorables familles de Saint-Michel a consacré, dans cette région, la fusion des deux départements limitrophes de l'Aisne et du Nord.

« Je revendique hautement cette union en sollicitant parmi vous droit de cité, et en associant, dans un seul et même toast, deux noms qui vous sont également chers :

« Je veux parler de Mgr Duquesnay et de M. Savart.

« Je porte la santé de notre éminent prélat, Mgr Duquesnay, qui a emporté les regrets unanimes de ses diocésains de Limoges, et que nous sommes si fiers de voir à la tête de notre département du Nord.

« Par ses brillantes qualités d'esprit et de cœur, Mgr Duquesnay a su faire la conquête des quinze cent mille âmes dont la direction spirituelle lui est confiée, comme il a su captiver, ce matin, du haut de la chaire, le nombreux auditoire qui l'a écouté avec autant d'admiration que d'attendrissement.

« Je puis donner à Sa Grandeur la ferme assurance qu'il sera toujours pour nos excellentes populations du Nord le pasteur aimé et vénéré.

« Je bois à M. Savart, dont le mérite transcendant a été si légitimement récompensé lors de l'Exposition universelle de 1867, par la croix de la Légion d'honneur.

« Je bois au grand industriel, fils de ses œuvres, qui, par son activité, son énergie, son aptitude spéciale et son intelligence d'élite, a surmonté tous les obstacles qui se trouvaient sur son chemin, pour conquérir cette haute position de fortune dont il sait faire un si noble usage en pratiquant constamment les bonnes œuvres et en s'ingéniant à soulager toutes les infortunes qui lui sont signalées.

« Buvons, Messieurs, au haut dignitaire de l'Église et à notre amphitryon, M. Savart. »

Après ces paroles, couvertes d'applaudissements, les verres s'entrechoquent; puis Mgr Duquesnay, avec un tact exquis, remercie M. le Conseiller général du Nord des paroles flat-

teuses qu'il vient de lui adresser. Il dit ensuite
qu'en ce qui concerne la cérémonie d'aujourd'hui,
tout le mérite en revient à son éminent collègue
de Soissons. Qu'il n'était venu qu'en ami de
M. Savart, tandis que Monseigneur l'évêque de
Soissons s'y était rendu officiellement, dans la
pensée de relever une si grande bienfaisance.

Le digne prélat diocésain, ému de la réplique,
se lève et remercie Mgr l'archevêque de Cambrai ;
puis il ajoute :

« Je n'avais pas l'intention de prendre la
« parole, mais je veux expliquer ma présence
« parmi vous.

« Je dois aux pauvres de mon diocèse, je dois
« à ceux qui font la charité et particulièrement à
« ceux qui, comme M. Savart, la font toujours
« inépuisable et toujours spontanée, je dois,
« dis-je, à ces hommes de cœur, mes remercie-
« ments pour le bien qu'ils font, et j'aurais
« manqué à ma mission pastorale en ne venant
« pas célébrer avec vous cette imposante céré-
« monie. »

Ce langage élevé a beaucoup impressionné
les auditeurs.

Puis voici M. Hector Loncle, adjoint au maire
de Saint-Michel, qui se lève.

Aussitôt éclatent des applaudissements, car M. Loncle est poète dans toute l'acception du mot.

Ses compatriotes en sont justement orgueil-leux.

Avec des accents convaincus, un geste sobre et mesuré, il fait aussi le panégyrique de M. Savart.

Il distingue la vraie fraternité de celle qui n'en a que le nom; celle qui donne aux malheureux comme à des frères, d'avec celle qui voudrait bien que l'on fût frères, mais qui ne fait rien pour mériter cette douce qualification.

Voici d'ailleurs ces vers; que le lecteur juge :

HOMMAGE A MONSIEUR SAVART

Anniversaire de la mort de son fils

J'ai peur, n'en soyez pas surpris;
Ma Muse craintive et champêtre
Ne connaît que les bords fleuris
Des frais ruisseaux qui l'ont vu naître.

Mais si, tremblant, j'ai pris ma lyre,
En vous voyant, je n'ai plus peur,
Car on ne craint pas la satire,
Quand on parle à des gens de cœur.

Messieurs, c'est une simple histoire
Que j'entreprends de raconter ;
Il est doux de chanter la gloire
De ceux qu'on ne peut imiter.

Le jour est déjà loin de nous
Où, n'écoutant que son courage,
Un pauvre enfant connu de tous,
Tout à coup quitta ce village,

Il s'en alla !! pour tout bagage,
Il avait un trésor précieux :
L'Espérance ! vertu qu'à tout âge,
Nous allons puiser dans les cieux.

Sans souci de la pauvreté,
Il avait cet appui divin :
La Foi ! dont la douce clarté
Guide et soutient le pèlerin.

J'aime cette pieuse oriflamme,
Quoique par ces temps de progrès,
C'est par le corps et non par l'âme
Qu'il faut monter tous les degrés !

Chacun l'entend à sa manière ;
Mais j'ai vu des libres-penseurs
Redire, en mourant, la prière
Qu'ils conservaient au fond du cœur !

Quand le bon Dieu secoue la terre,
Grands et petits courbent le front,
Et le tigre, au bruit du tonnerre,
Prends les allures d'un mouton !

Aussi sur le bord du chemin,
Avec ardeur, il implora

Celle qui protège les humains
Dans les épreuves d'ici-bas.

Il ne revint plus au foyer !
Mais au loin, sa persévérance,
Lentement frayait le sentier,
Qui souvent mène à l'opulence.

Le ciel bénit ce travailleur
Eclairé par la probité,
Lui versant en mesure au cœur
Les trésors de la Charité.

Riche, il garda le souvenir
Des compagnons de son enfance,
Et le plus grand de ses désirs
Fut de leur apporter l'aisance.

Grâce à lui, la prospérité,
Riante fille de l'industrie,
Dans ce pays déshérité,
A pour toujours porté la vie.

Cela est bien ! chacun le sent,
Car on voit souvent la fortune
Grossir la bourse au détriment
Des plus beaux dons de la nature.

On parle de fraternité ;
C'est écrit sur nos monuments ;
Mais je puis dire, en vérité,
Que nous faisons tout autrement.

Mais quand, secouant l'égoïsme,
Un homme veut, quoi qu'il en coûte,
Chasser la faim que l'on redoute,
Ne peut-on croire à l'héroïsme !

Eh bien ! Messieurs, ce grand problème
Pour les esprits, si difficile,
A commencé dans cet asile
A se résoudre de lui-même.

En deux mots, de ce bon génie,
Je peux vous retracer la vie,
Le jour luit pour la bienfaisance
Et la nuit porte l'espérance.

Honneur à cet ambitieux ;
Bientôt le feu qui le dévore
Pour ce pays sera l'aurore
Du paradis des malheureux.

Ah ! vous qui l'avez soutenu,
Messieurs, dans les jours de tristesse,
Dites-nous que ce parvenu
A bien ses titres de noblesse.

Je finis ! Ma lyre est sans voix !
La vertu veut un sacrifice...
Sans murmurer contre la loi,
Cet homme a bu l'amer calice !

Tout à l'heure, au champ de la mort,
Sur le devant du mausolé,
Où, sous le marbre, un enfant dort,
J'ai vu ce père désolé ! ! !

Il travaillait ! ! à ses côtés,
Comme une reine sur son trône,
Resplendissante de beauté,
La Charité faisait l'aumône ! !

Douce et sublime allégorie
Taillée pour l'immortalité,
Qui fait encore aimer la vie
Pour soulager l'humanité !

L. H.

Cette poésie est accueillie par de longs bravos ; les mains battent de tous côtés. M. Hector Loncle reçoit des éloges enthousiastes.

Mais M. Savart se lève ; le silence se rétablit. Notre amphitryon s'exprime ainsi :

« Monseigneur l'Archevêque de Cambrai,
« Monseigneur l'Évêque de Soissons,
« Mes amis, Messieurs,
« Je viens vous remercier de tout mon cœur
« de l'empressement avec lequel vous êtes venus
« assister à la messe du bout de l'an de mon
« pauvre fils ; aussi, Messieurs, soyez persuadés
« que j'en conserverai toute ma vie le meilleur
« souvenir.

« Messieurs, votre présence dans cette mai-
« son est pour moi une grande récompense,
« pour le peu de bien que j'y ai fait jusqu'ici ;
« mais ce sera aussi un grand encouragement
« pour l'avenir.

« Monsieur le maire,
« Je suis très ému de la manifestation si tou-
« chante que vous avez faite à l'occasion de cette
« cérémonie, à laquelle est venue prendre une
« grande part votre bonne population, de la-
« quelle je suis fier d'être sorti.

« Je remercie également tous mes amis de
« Paris, tous ceux venus des divers côtés de la
« France, comme aussi ceux du département,
« de s'être rendus à cette cérémonie, pour me
« donner un nouveau témoignage d'estime et
« de confiance dont je conserverai toujours un
« précieux souvenir.

  « Monseigneur l'Archevêque,
 « Il y a quinze ans, vous m'avez fait l'honneur
« et le plaisir de venir bénir cette maison, ac-
« compagné de beaucoup de mes amis ici pré-
« sents. Je suis bien aise, Monseigneur, de vous
« faire connaître les résultats obtenus depuis
« cette époque. »

M. Savart remet alors à Monseigneur le
compte rendu suivant, que l'éminent prélat lit à
haute voix :

Situation numérique des Orphelines à la date du 1er août 1881.

Nombre d'orphelines entrées depuis la fondation de l'Œuvre......	540
Nombre d'orphelines sorties.........	355
Reste actuellement à l'Orphelinat......	185

Montant des primes données par
M. Savart aux orphelines sorties.. 10.100 »
Montant des économies des or-
phelines sorties................. 38.915 35

Total.......... 49.015 35

15 prix décernés en vertu du procès-verbal d'inauguration........ 1.856 25
101 trousseaux donnés par M. Savart aux orphelines ayant fini leur
engagement.................... 19.675 »

Total général.... 70.546 60

Ce compte-rendu est frénétiquement applaudi.
Les chiffres ont leur éloquence, et ceux-ci plus
que tous autres, car ils proclament mathémati-
quement la munificente charité de M. Savart.

X.

LES ORPHELINES.

On venait à peine de servir le café que nous
voyons apparaître les orphelines, conduites par
nos sympathiques Sœurs de la Charité.

Ces demoiselles sont vraiment ravissantes de

jeunesse et de santé. Ce ne sont plus ces maigres jeunes filles de nos villes, au teint pâle, à la mine vieillie. Ce sont, au contraire, de frais visages roses où respirent la candeur et la pureté du cœur.

On voit que le corps et l'âme reçoivent dans cette maison une nourriture confortable.

Leurs vêtements uniformes et presque coquets leur vont à ravir. Aussi saluons-nous leur entrée par des applaudissements prolongés.

Ces jeunes filles se dirigent vers la table d'honneur. Dès qu'elles l'ont atteinte, l'une d'elles, celle qui se trouvait en tête, lit ce qui suit :

Discours prononcé par les Orphelines aux invités de M. Savart, le 9 août 1881.

« En présence d'une si noble et si auguste assemblée, nous ne pouvons, hélas! que balbutier quelques paroles, faibles échos des sentiments qui se pressent en foule dans nos jeunes cœurs.

« Et comment, en effet, redire à Sa Grandeur Monseigneur Duquesnay, ce digne successeur du grand Fénelon, ce que nous ressentons de bonheur en contemplant Celui qui, inspiré de Dieu, prédisait, il y a quinze ans, les heureux développements de cette œuvre, naissante alors, et dont

nous éprouvons tous les avantages? C'est aussi
à Sa Grandeur que nous devons le prix de l'Inauguration, qui est, pour celles qui ont le bonheur
de l'obtenir, un témoignage authentique de leur
assiduité au travail et de leur bonne conduite
pendant leur séjour à l'Orphelinat.

« Il faudrait une voix plus éloquente que la
nôtre pour exprimer dignement à notre vénéré
Pontife la reconnaissance profonde qui inonde
nos âmes, pour l'intérêt paternel qu'il daigne
nous témoigner et pour le grand bienfait qu'il
nous a accordé en choisissant pour cette paroisse
un pasteur zélé et charitable, dont les soins in-
telligents et dévoués nous sont un si puissant
auxiliaire pour nous rendre dignes de la noble
et généreuse protection dont nous sommes l'ob-
jet.

« Nous savons que ces murs bénis, protecteurs
de notre enfance, abritent en ce moment les
personnages, au cœur noble et généreux, qui ont
si puissamment encouragé et soutenu les efforts
de M. Savart, au début de la carrière qu'il a
rendue si féconde et si illustre par son génie et
ses qualités rares. Notre généreux bienfaiteur
se plaît à dire bien haut qu'il doit aux leçons,
aux exemples et à la bienveillante protection

de ces hommes vénérables et sa fortune et sa grande position, et que cet asile charitable où nous retrouvons, avec les mères que nous avions perdues, tous les soins qui nous sont nécessaires, doit sa prospérité au bon concours d'amis sincères et dévoués qui ne craignent ni les veilles ni la fatigue pour seconder les desseins généreux de ce grand homme de bien, qui consacre le fruit de ses labeurs à secourir l'infortune et à rendre le pays heureux et prospère.

« Pour notre bienfaiteur et père, la reconnaissance est un culte ; un bienfait reçu ne s'efface jamais de sa mémoire.

« Nous, pauvres enfants, qui lui devons, ainsi qu'à Mme Savart, le bien-être dont nous jouissons et les enseignements si précieux de l'amour du travail et de la vertu, nous voudrions avoir un peu d'éloquence pour exprimer moins indignement les sentiments de ces nobles cœurs et les nôtres. Comprenant toute notre impuissance, nous nous adressons à notre Dieu, celui qui a dit qu'un verre d'eau donné en son nom ne serait pas sans récompense, pour obtenir qu'il déverse sur vous tous, Messieurs, et sur tous les vôtres, ses bénédictions les plus abondantes et les plus précieuses. Et nous nous adressons

timidement, mais avec confiance, à cette illustre
et bienveillante assemblée pour la prier d'agréer
l'hommage de notre humble, profonde et éternelle
reconnaissance. »

M. Savart, visiblement ému, répond en ces
termes :

« Mesdemoiselles, vous avez raison de dire
« combien votre reconnaissance est grande en-
« vers nos vénérables Prélats et envers tous ces
« Messieurs, mes amis, que vous voyez réunis
« ici. Ils sont depuis plus de 30 ans les précieux
« collaborateurs de mes entreprises ; vous en
« avez déjà depuis 15 ans ressenti les bien-
« faits.

« Remercions-les donc ensemble de l'honneur
« qu'ils me font aujourd'hui, honneur qui re-
« jaillit sur vous toutes et sur nos chères
« Sœurs.

« Prions-les surtout de nous continuer leur
« dévoué concours, grâce auquel nous pourrons
« envisager l'avenir sous le plus riant aspect. »

De longs applaudissements couvrent ces paroles empreintes du sentiment le plus élevé.

XI.

LES PAUVRES DE LA COMMUNE.

Après toasts et discours Nos Seigneurs les Evêques se retirent dans leurs appartements.

Monseigneur l'Evêque de Soissons prend ensuite congé de M. Savart, qui le conduit avec les prêtres jusqu'à sa voiture. En se quittant ils se donnent une affectueuse poignée de main et se promettent de se revoir bientôt.

Pour clore dignement cette journée, M. Savart nous conviait une dernière fois au parloir, pour nous présenter les pauvres de la localité qui venaient à leur tour remercier leur bienfaiteur en profitant d'une occasion aussi solennelle.

Malades jeunes et vieux, vieilles gens sont conduits au parloir. A leur tête se tient une bonne vieille tenant à la main un modeste bouquet. Une fois tous entrés, la bonne femme offre le bouquet à M. Savart en balbutiant quelques mots de remerciement.

M. Savart le reçoit et, s'adressant à tous les pauvres, il leur dit :

« Mes bonnes gens, vous voyez tous ces Mes-

« sieurs, ce sont mes amis. Rappelez-vous bien
« ceci : c'est que si je puis faire quelque bien
« aujourd'hui , c'est grâce à leur concours
« d'autrefois, car ils m'ont secondé dans mes
« débuts. C'est donc autant mes amis que moi
« qu'il faut remercier, et je vous invite à le faire
« en passant devant eux en les saluant. »

Ces paroles sont couvertes d'applaudissements. M. Savart ne veut pas pour lui seul tous
les éloges de cette journée, il désire les partager
avec ses amis.

C'est ce qui ressort de son noble langage.

XII.

Le Départ des Invités.

A 7 heures du soir les mêmes voitures qui
avaient conduit les invités à l'Orphelinat les ra-
mènent à la gare.

M. Savart reçoit les adieux de tous, donne
une poignée de main à chacun, puis le train spécial siffle pour Paris, que nous regagnons, touchés
des divers épisodes de cette inoubliable journée.

XIII.

Aux Organisateurs.

Nous ne pouvons terminer ce récit sans rendre un éclatant témoignage d'admiration aux organisateurs de cette magnifique cérémonie.

M. Savart a déjà, dans ses différents discours, ébauché ses remerciements, se réservant de les prodiguer plus largement dans l'intimité ; mais il nous en voudrait bien certainement si en publiant ces quelques pages, nous oublions de témoigner toute sa gratitude :

A la Municipalité tout entière, qui non seulement à pris une si large part à l'organisation, mais qui a fait à M. Savart l'honneur d'assister officiellement à la cérémonie ;

A la compagnie des Sapeurs-Pompiers et à la Société musicale de Saint-Michel, qui ont puissamment contribué à rehausser l'éclat de la solennité ;

A la population de Saint-Michel, qui s'est mise à la disposition de M. Savart avec un si grand empressement et qui s'est montrée si calme et si digne aux amis et invités.

A M. Perdreaux, négociant à Saint-Michel ;

A M. Charlier, directeur de l'Orphelinat et MM. Gonthier et Rambour, directeurs de la fabrique de chaussures de Saint-Michel ;

A Madame la Supérieure de l'Orphelinat, aux chères Sœurs et aux Orphelines qui se sont distinguées dans leurs travaux divers.

Enfin, à M. E. Vasseur, ancien notaire. « Ne « faites pas l'éloge de M. Vasseur », me dit un jour M. Savart, connaissant mon intention de faire ce compte-rendu, « vous lui feriez de la « peine ».

Je ne dirai donc rien, sinon que le dévouement, de même que certaine fleur modeste, trahit son auteur.

Paris, le 30 août 1881.

D.-A. C.

XIV.

Le Compte-Rendu des Journaux.

Le Messager du Midi.

On nous écrit de Paris, le 9 août :

« La gare du Nord présentait ce matin une animation inaccoutumée. Un train spécial s'y organisait pour cinq heures et demie, et bien avant le moment du départ, on voyait accourir une affluence inusitée de voyageurs, qui étaient des invités. Appartenant aux diverses conditions sociales, chefs d'industries, personnages connus par leurs antécédents, ouvriers endimanchés, dans une tenue correcte et sévère, tous étaient en noir et se rendaient à une cérémonie funèbre qui a dû être célébrée aujourd'hui même dans l'église de Saint-Michel-en-Thiérache (Aisne).

« J'ai eu le regret de ne pouvoir me joindre à cette foule, à laquelle j'avais été convié à me mêler, et j'aurais aimé à suivre ce pèlerinage inspiré par les sentiments qu'éprouvent pour l'honorable M. Savart tous ceux qui le connaissent.

« M. Savart n'est sans doute pas un inconnu pour tous vos lecteurs. Ce nom est porté par un homme d'intelligence et de bien qu'aiment ses ouvriers, que les pauvres bénissent et que deux communes importantes de Seine-et-Marne et de l'Aisne entourent de leur respectueuse gratitude.

« J'ai pensé que vous me sauriez quelque gré de ne pas les entretenir aujourd'hui des vilaines choses de la politique quotidienne, et il me semble juste de vous dédommager du spectacle attristant que je fais passer tous les jours sous leurs yeux. Je vais donc essayer de montrer, très imparfaitement sans doute, mais aussi fidèlement qu'il dépendra de moi, ce que peut faire, même dans nos temps troublés, l'esprit de foi et de dévouement au service d'une intelligence formée pour les grandes affaires et propre aux plus difficiles conceptions de la haute industrie.

« Cette foule recueillie, qui est partie ce matin, allait assister à l'inauguration d'un caveau funèbre et donner à un père, à qui Dieu a enlevé son fils unique, le témoignage de ses sympathies. Elle répondait à l'appel d'un de nos industriels les plus considérables, ayant créé dans le XIIIe

arrondissement et tout près de l'avenue des Gobelins l'une des plus magnifiques fabriques de chaussures qui existent au monde.

« Cette fabrique occupe plusieurs milliers d'ouvriers de l'un et de l'autre sexe ; elle met en mouvement des capitaux considérables ; elle répand ses produits en France et à l'étranger ; elle a donné à son créateur, enfant de ses œuvres et qui ne doit rien qu'à lui-même, une énorme fortune, qui s'accroît chaque jour par le travail, qui s'honore, je pourrais dire, qui se sanctifie, par la bienfaisance la plus éclairée et la plus généreuse.

• Je n'essayerai pas de vous décrire ici l'importance et l'outillage de cette maison. Je ne vous parlerai pas des annexes que M. Savart lui a données dans ses propriétés de Seine-et-Marne et dans celles de Saint-Michel, où il a établi des ateliers de corroierie et de cordonnerie, qui sont la richesse de ces contrées ; je ne louerai pas l'ordre parfait qui règne dans les ateliers, où, à l'exemple du patron, chacun rivalise d'application et de zèle et pratique le travail avec un véritable amour. Il suffit de parcourir cet immense établissement pour être frappé de l'activité réglée qui y règne et de l'esprit qui l'anime.

5

« On reconnaît là l'influence d'un esprit organisateur et l'ascendant exercé par un véritable ami du peuple.

« Sorti des classes laborieuses, et il en est justement fier, M. Savart, qui, malgré ses millions, reprend dans ses ateliers le tablier de l'ouvrier, M. Savart aime réellement les collaborateurs de sa fortune et il les associe largement à ses succès.

« Il a créé pour eux les institutions les plus excellentes d'assistance mutuelle et de prévoyance. Il contribue, sans compter, à l'alimentation des caisses de réserve, dont tout le profit revient aux ouvriers qui les administrent, et il a réussi à répandre autour de lui les idées et la pratique de l'ordre et de l'économie.

« Son personnel est un personnel d'élite, tel que peut le former et le maintenir un homme qui connaît les besoins de la population ouvrière et qui sent ses obligations envers elle croître à mesure que grandissent ses richesses.

« L'activité bienfaisante de M. Savart ne se renferme pas dans le cercle, pourtant bien large, d'une manufacture dont la direction suffirait à absorber les loisirs de l'homme le plus actif et le plus intelligent. Il s'adonne à l'industrie agricole dans ses belles propriétés de la Brie et de l'Aisne, et ses vastes domaines de Maurevert et de Saint-Michel, en Thiérache, présentent les spécimens les plus variés de la grande culture ; ils lui fournissent l'occasion de répandre ses bienfaits sur les populations rurales.

« Indépendamment d'un asile pour les vieillards et d'un orphelinat pour les enfants abandonnés, M. Savart prodigue dans son pays natal et dans celui où il est devenu châtelain, les libéralités les plus larges et les plus fructueuses pour la population.

« Il n'est pas une œuvre d'utilité publique à laquelle il ne s'associe. Il n'est pas une entreprise de viabilité dont il ne prenne l'initiative et la charge. Chemins, fontaines, lavoirs, écoles, hospices, promenades, voilà quelques-unes des œuvres qu'il a accomplies et qui lui assurent la gratitude de ses concitoyens.

« Cette gratitude va éclater aujourd'hui au service du bout de l'an célébré à Saint-Michel pour le repos de l'âme du fils de cet homme de bien, et la population entière remplira l'église et le cimetière, où la commune reconnaissante a voulu établir la sépulture d'une famille qui l'a comblée de ses bienfaits.

« La chapelle funéraire élevée dans le cimetière communal sera bénite par Mgr l'Archevêque de Cambrai et par Mgr l'Évêque de Soissons et de Laon.

« Mgr de Cambrai a vu M. Savart à ses débuts ; il l'a suivi affectueusement dans toute sa carrière. Il a été souvent l'intermédiaire de ses bonnes œuvres, et il nous souvient d'avoir eu l'honneur d'être assis à son côté au banquet que donna M. Savart, à l'occasion de la croix de la Légion d'honneur que l'Empereur lui avait décernée en 1867, lors de l'Exposition universelle.

« L'Empereur, en effet, connaissait M. Savart et l'honorait de sa bienveillance toute particulière. Instruit du bien que faisait ce grand industriel, sachant par les rapports de son préfet de police, qui ne ressemblaient guère à ceux que M. Andrieux a lus depuis à la tribune, la sollicitude de M. Savart pour ses ouvriers, l'affection que ceux-ci lui portaient, ses libéralités sans nombre dans le quartier pauvre où est établie sa maison, l'Empereur avait lui-même décidé que cet ami du peuple recevrait la croix de la Légion d'honneur, qui ne se donnait pas alors pour les services qu'elle récompense aujourd'hui.

« Il admit souvent en audience particulière ce chef d'une grande industrie, et il aimait à l'entendre sur les questions auxquelles son grand cœur portait un intérêt si soutenu et si efficace.

« Nos gouvernants d'aujourd'hui se gardent bien d'honorer et de distinguer de pareils services et de pareils dévouements. Beaucoup d'ouvriers, eux-mêmes, méconnaissent le véritable démocrate qui n'a cessé de travailler pour les autres et de tendre la main à tous ceux ayant le désir, comme lui, de combattre la misère par l'activité et la prévoyance.

« Je suis pourtant heureux de constater que la reconnaissance ne fait pas défaut à M. Savart. J'en ai pour preuve ce que l'on m'écrit de Saint-Michel sur les préparatifs faits pour la solennité d'aujourd'hui. Tout près de la gare, un arc de triomphe porte ces mots : « *Honneur aux amis de M. Savart!* », et c'est par là qu'entreront dans Saint-Michel les invités apportés par le train spécial, venus de Paris, de divers points de la France et même de l'étranger.

« Un second arc de triomphe s'élève au milieu d'une magnifique avenue dont M. Savart a gratifié sa ville natale; il porte ces mots : « *La commune de Saint-Michel reconnaissante* ». « *Au bienfaiteur des pauvres* », telle est l'inscription d'un troisième arc de triomphe dressé à côté de l'orphelinat institué par M. Savart.

« La compagnie des pompiers et la fanfare de Saint-Michel seront sur pied ainsi que tous les maires et curés du canton, le député et les membres du conseil général et du conseil d'arrondissement.

« Divers discours seront prononcés ; mais, si éloquents qu'ils puissent être, les œuvres de M. Savart le seront plus encore. Il y aura là, en effet, les pauvres qu'il nourrit, les orphelins qu'il élève et les témoignages matériels de la munificence la plus large et la plus éclairée.

« Faut-il espérer que ces manifestations de la reconnaissance publique auront de l'écho et un salutaire retentissement? Le peuple qui travaille et qui prie a donné aujourd'hui à Saint-Michel la mesure des sentiments élevés et délicats qui l'animent; mais ceux qui usurpent le nom du peuple, les ouvriers qui pratiquent le lundi, ceux qui font la loi dans les élections et qui donnent le signal des mouvements révolutionnaires ne cesseront de préférer qui les flatte et qui les exploite à qui les aime et qui les sert. Nous les avons vus jusqu'ici exalter ceux qui les abusent et les trompent ; prendre pour leurs amis les hommes auxquels ils ont servi de marche-pied et qui n'ont jamais rien fait pour eux. Ils ont proclamé démocrate tel étranger enrichi qui, comme M. Duhochet, après avoir amassé des millions à diriger une industrie parisienne et ne laissant que des collatéraux, ne donne pas même à sa mort un millier de francs aux pauvres de la capitale. Ils suivent aveuglement un dictateur de l'incapacité ayant rapidement amassé une grande fortune dont l'origine est aussi obscure que son emploi est égoïste. Mais, si un enfant du peuple, comme M. Savart, crée ou renouvelle une industrie puissante ; si, arrivé à l'âge où il aurait droit de se reposer, et pour être utile à ceux qui l'entourent, pour répandre sans compter, non le superflu de sa fortune, mais sa fortune elle-même, il garde son outil à la main, on le considèrera comme un ennemi, on jalousera son succès et on ne se laissera désarmer ni par la modestie de son train, ni par l'activité de sa vie, ni par la largesse de ses dons.

« Je vous demande pardon d'avoir dépassé la mesure que je m'étais imposée moi-même en commençant cette lettre. Le sujet m'a entraîné, et j'espère que vous m'excuserez en raison de l'enseignement qui découle des faits dont je viens de vous donner un aperçu malheureusement incomplet.

« Il est bon d'opposer à l'égoïsme qui nous déborde et au scepticisme qui nous tue cet exemple d'une grande œuvre accomplie dans l'intérêt général, et au risque même de blesser une modestie qui se cache, il est utile de mettre en parallèle avec les avidités radicales, l'exemple d'un grand dévouement ennemi du bruit et recherchant le silence pour mieux se conformer aux préceptes de l'Evangile. »

A.

Le Libéral de l'Aisne.

Saint-Michel. — On nous écrit à la date du 9 courant :

« Une intéressante cérémonie a attiré aujourd'hui une affluence considérable dans notre localité. M. Savart, le grand industriel qui, l'année dernière, a eu le malheur de perdre son fils unique, avait convié ses amis particuliers et les notabilités des environs à la bénédiction d'un monument funéraire qui devait rappeler son grand deuil.

« L'archevêque de Cambrai, lié intimement avec M. Savart depuis de longues années, était arrivé la veille pour présider la cérémonie.

« Dès le matin, des secours abondants avaient été distribués à tous les indigents. A neuf heures et demie, un train spécial amenait les invités de Paris, que les voitures des notabilités de Saint-Michel attendaient à la gare. A la même heure, le Conseil municipal se réunissait à la mairie, d'où il se rendait ensuite à l'église, escorté de la compagnie des sapeurs-pompiers et de la musique municipale ; quatre arcs de triomphe avaient été élevés sur le parcours du cortège, avec ces inscriptions : *Honneur à M. Savart et à ses amis ! — La commune reconnaissante — Au bienfaiteur des pauvres.* Celui qui était élevé à l'entrée du cimetière portait ce simple mot : *Regrets !*

« La foule nombreuse de Saint-Michel et des environs n'a pu trouver place dans notre belle église. L'évêque de Soissons a tenu à officier lui-même. Nous ne parlerons pas des excellents chœurs exécutés par des artistes venus de Paris pour la circonstance et dont le mérite est au-dessus de tout éloge. Après l'absoute, l'archevêque de Cambrai, dans un discours éloquent, a déploré la fin prématurée du fils de M. Savart et rappelé les débuts du père qui, parti jeune et pauvre de Saint-Michel, a dû, par sa seule énergie, arriver à la haute position que nous lui connaissons. Puis il a rendu un juste hommage au travail, la suprême noblesse de l'homme. Ce n'est pas sans un vif sentiment de gratitude que nous avons appris de la bouche de l'éminent prélat la résolution prise par M. Savart de doter prochainement notre commune d'un hôpital destiné aux vieillards, non seulement de Saint-Michel, mais de tout le canton.

« L'évêque de Soissons a ensuite béni la chapelle funéraire, chef-d'œuvre d'art, où l'on admire les deux groupes de M. Delaplanche, le grand artiste sculpteur, premier prix de Rome, l'un symbolisant la Charité, qui tient dans ses bras un jeune enfant et abrite un vieillard dans les plis de son manteau ; l'autre représentant le travail : c'est M. Savart, en tenue d'atelier, donnant à un apprenti les premières notions de la cordonnerie.

« Après la bénédiction, M. Savart, avec une courtoisie parfaite, a réuni dans une des salles de l'Orphelinat, où il donne l'hospitalité à deux cents jeunes filles pauvres, environ deux cent cinquante invités. Divers toasts ont été portés à M. Savart. Nous avons remarqué particulièrement celui de M. Loncle, maire de notre commune, qui a retracé avec un tact parfait les diverses périodes de la vie laborieuse de notre compatriote et les titres nombreux que notre bienfaiteur et sa digne compagne ont à la reconnaissance publique.

« M. H. Loncle, adjoint au maire, s'est fait ensuite l'interprète des sentiments de tout le pays dans des vers que nous voudrions avoir la bonne fortune de pouvoir reproduire. Puis, M. Soye, notre digne député, qui avait tenu à s'associer à ce deuil d'un homme de bien, répondant à un toast qui lui avait été porté par M. Savart, a rappelé en quelques mots vivement sentis tout l'intérêt qu'il attache aux œuvres de bienfaisance de notre honoré concitoyen.

« Rappelons en quelques mots la vie laborieuse de notre éminent compatriote. Parti de Saint-

Michel, en 1846, sans aucune ressource, M. Savart s'est peu à peu élevé à la haute position de fortune et de considération qui en fait un des hommes les plus en vue de notre contrée. De quelque point de vue que l'on se place, on ne peut s'empêcher de rendre un juste hommage à ce bienfaiteur des pauvres qui, depuis le commencement de l'hiver, nourrit à ses frais et à peu près complètement 40 indigents de la commune. Les nombreuses marques de sympathie qu'il a reçues aujourd'hui sont un témoignage aussi évident que spontané de la reconnaissance publique pour les bienfaits accomplis, qui ne sont rien en comparaison de ceux dont il nous a promis la prochaine exécution.

« Nous devons à nos lecteurs d'exprimer franchement et entièrement notre pensée sur la présence de notre excellent candidat, M. Soye, à la solennité de Saint-Michel, présence qui ne manquera pas d'exciter chez quelques-uns un profond étonnement.

« Les politiques à courte vue, qui ne cherchent dans la vie publique que des prétextes à divisions et à discordes, penseront que M. Soye aurait dû décliner toute invitation.

« Tel n'est pas notre avis.

« Quelles que soient les idées particulières de M. Savart au point de vue politique, nous nous plaisons à reconnaître en lui le philanthrope éclairé, l'humanitaire persévérant, et nous n'hésiterons pas à lui accorder, dans le sens le plus élevé du mot, la belle épithète de démocrate.

« Peu nous importe la source où il a puisé ses inspirations, puisqu'elles ont pour résultat le bien, et puisque, au sentiment de chacun, ses efforts méritent toute la reconnaissance de ses concitoyens.

« M. Savart a bien mérité de son pays.

« C'est un hommage que nous nous plaisons à rendre à la vérité.

« Le grand industriel de Saint-Michel avait, en invitant M. Soye, mis de côté toute arrière-pensée, comme aussi toute préoccupation politique.

« En acceptant, notre candidat n'a fait que se mettre à la hauteur de ce sentiment. Il a voulu assister à une cérémonie toute de reconnaissance et dont les manifestations sont loin d'égaler encore les bienfaits de M. Savart.

« Nous l'en félicitons hautement, et à notre tour nous lui disons :

« — Mandataire du peuple, vous avez aussi rempli votre devoir. »

——

Le Nord de la Thiérache.

Inauguration du monument funèbre de M. Arthur Savart à Saint-Michel.

Le chœur de l'église de Saint-Michel a été le berceau du catholicisme dans notre contrée. Quel magnifique berceau ! L'homme ne peut rêver un plus bel abri.

On croit que ce chœur fut bâti en 945 par la comtesse de Vermandois sur l'emplacement d'une chapelle élevée par saint Ursmer, l'un des premiers missionnaires des peuples qui habitaient nos forêts.

Une abbaye célèbre fut élevée auprès de l'église, il y a de cela un millier d'années. L'édifice religieux est encore un édifice consacré à la religion et plus encore, à la charité.

Les bâtiments de l'abbaye ont été restaurés et transformés en orphelinat par le fils d'un charbonnier, qui l'a été lui-même et que la fortune a grandement favorisé. Lui, avait aussi un fils que la mort lui a pris.

Mardi dernier, avait lieu la cérémonie anniversaire de la mort de ce fils. L'archevêque de Cambrai, l'évêque de Soissons, qui ont des noms qui resteront dans les annales religieuses, accompagnés d'un nombreux clergé, étaient venus officier dans l'un de leurs plus anciens sanctuaires.

Le beau semble être une des faces du bien. Il nous élève, nous ennoblit, nous rapproche de la perfection. Le vaste édifice religieux ne pouvait contenir qu'une partie des personnes qui étaient venues témoigner leur sympathie au bienfaiteur de Saint-Michel. Au centre du chœur, un catafalque était dressé à la mémoire du défunt, M. Arthur Savart. Il était entouré par les pompiers de Saint-Michel.

MM. Léo d'Ageny, Girard et la maîtrise de la Trinité, de Paris, sous la direction de M. Salomé, ont chanté le service funèbre, accompagnés par un excellent instrumentiste.

La voix de M. Léo d'Ageny est bien celle de l'âme qui, dans les régions mystérieuses de la mort, glorifie le souverain Juge ou l'implore. Il

semble par ses accents que le mort supplie pour
naitre à la vie idéale.

La Société musicale de Saint-Michel a joué à
à l'église et au cimetière quelques marches funè-
bres qui ont été on ne peut mieux exécutées.
Cette Société est la digne émule de la belle compagnie de pompiers. Réunies l'une à l'autre,
elles produiront un ensemble qui sera admirable
lorsqu'elles viendront de la place, par le boulevard Savart, en suivant la pittoresque vallée du
Gland.

Un de nos collaborateurs a bien voulu compléter un compte-rendu que nous avions trop peu
de temps pour rédiger entièrement.

On nous écrit de Saint-Michel :

« Une intéressante cérémonie a attiré aujoud-
d'hui une affluence considérable dans notre localité. M. Savart, le grand industriel, qui, l'an
dernier, a eu le malheur de perdre son fils unique,
avait convié ses amis particuliers et les notabilités des environs à la bénédiction d'un monument funéraire devant rappeler son grand
deuil.

« L'archevêque de Cambrai, ami intime de

M. Savart, était arrivé la veille pour présider la cérémonie.

« Dès le matin, des secours abondants ont été distribués à tous les indigents. A neuf heures et demie, un train spécial amenait les invités de Paris, auxquels les notabilités de la commune, avec un empressement cordial, ont offert leurs voitures. A la même heure, le Conseil municipal se réunissait à la mairie, puis se rendait à l'église, escorté de la compagnie des sapeurs-pompiers et de la musique municipale.

« Quatre arcs de triomphe avaient été élevés sur le parcours du cortège, avec ces inscriptions :

Honneur à M. Savart et à ses Amis !
La Commune reconnaissante !
Au Bienfaiteur des pauvres !

« Celui qui était élevé à l'entrée du cimetière portait ce simple mot :

Regrets !

« La foule nombreuse de Saint-Michel et des environs n'a pu trouver place dans notre église ; l'évêque de Soissons a tenu à officier lui-même.

« Il est parlé des excellents chœurs exécutés

6

par des artistes, venus exprès de Paris pour la
circonstance, et dont le mérite est au-dessus de
tout éloge. Après l'absoute, l'archevêque de
Cambrai, dans un discours éloquent, a déploré
la fin prématurée du fils de M. Savart et rendu
un juste hommage au père qui, parti jeune et
pauvre de Saint-Michel, a su, par sa seule énergie,
arriver à la haute position que nous lui connaissons. Puis il a rendu un juste hommage au
travail, la suprême noblesse de l'homme. Ce
n'est pas sans une vive émotion que nous avons
appris de la bouche de l'éminent prélat la résolution de M. Savart, qui va doter prochainement
notre commune d'un hôpital destiné aux vieillards, non seulement de Saint-Michel, mais de
tout le canton.

« L'évêque de Soissons a ensuite béni la chapelle funéraire, chef-d'œuvre d'art, où l'on
admire les deux groupes de M. Delaplanche, le
grand artiste sculpteur, premier prix de Rome,
l'un, symbolisant la Charité qui tient dans ses
bras un enfant et abrite un vieillard dans les plis
de son manteau ; l'autre, représente le Travail ;
c'est M. Savart, en tenue d'atelier, donnant à un
apprenti les premières notions de la cordonnerie.

« Ensuite, M. Savart, avec une courtoisie parfaite, a réuni dans une des salles de l'Orphelinat, où il donne l'hospitalité à deux cents jeunes filles, environ deux cent cinquante invités. Différents toasts ont été portés à M. Savart ; nous avons remarqué particulièrement celui porté par M. Loncle, maire de notre commune, qui a retracé avec un tact parfait les diverses périodes de la vie laborieuse de notre compatriote et les titres nombreux que notre bienfaiteur et sa digne compagne ont à la reconnaissance publique.

« M. Soye, notre honorable député, qui avait tenu à s'associer à ce deuil d'un homme de bien, répondant à un toast qui lui était porté par M. Savart, a rappelé en quelques mots vivement sentis, tout l'intérêt qu'il porte aux œuvres de bienfaisance de notre honoré concitoyen.

« M. Loncle, adjoint, s'est fait à son tour l'interprète des sentiments de tout le pays, dans des vers que nous voudrions avoir la bonne fortune de pouvoir reproduire.

« Rappelons en quelques mots la vie laborieuse de notre éminent compatriote. Parti de Saint-Michel en 1846, sans aucune ressource, M. Savart s'est peu à peu élevé à la haute position de fortune et de considération qui en fait un des hommes les plus en vue de notre contrée. Rappeler qu'il nourrit à ses frais 40 pauvres depuis le commencement de l'hiver dernier, en disent plus sur sa libéralité que toutes nos paroles. A quelque point de vue que l'on se place, nous ne pouvons que rendre justice à son honorabilité et à sa bienfaisance.

« Les nombreuses marques de sympathie qu'il a reçues aujourd'hui sont un témoignage aussi évident que spontané de la reconnaissance publique pour ses bienfaits accomplis, qui ne sont rien en comparaison de ceux dont il nous a promis la prochaine exécution.»

Nous terminons le compte-rendu, que nous n'aurions pu faire plus juste, en notant une impression qui nous a ému:

Lorsque nous avons vu les jeunes orphelines dont le maintien laisse apprécier la bonne éducation et chez lesquelles on remarque la florissante santé, la principale beauté de la jeunesse, venir remercier leur bienfaiteur, nous avons pensé que cet homme devait avoir une généreuse compagne qui l'encourageait et l'aidait à bien faire ; elle est la première de ces femmes dévouées qui sont les secondes mères de ces enfants.

A. D.

Le Journal de l'Aisne.

Saint-Michel. — On écrit de cette commune :

« Une intéressante cérémonie a attiré, mardi, une affluence considérable dans cette localité. M. Savart, le grand industriel, qui a eu le malheur de perdre son fils unique, avait convié ses amis particuliers et les notabilités des environs à la bénédiction d'un monument funéraire devant rappeler son grand deuil.

« L'archevêque de Cambrai, ami de M. Savart, était arrivé la veille pour présider la cérémonie.

« Dès le matin, des secours abondants ont été distribués à tous les indigents.

« A neuf heures et demie, un train spécial amenait les invités de Paris, auxquels les notabilités de la commune, avec un empressement cordial, ont offert leurs voitures. A la même heure, le conseil municipal se réunissait à la mairie, puis se rendait à l'église, escorté de la compagnie des sapeurs-pompiers et de la musique municipale.

« Quatre arcs de triomphe avaient été élevés sur le parcours du cortège, avec ces inscriptions :

Honneur à M. Savart et à ses Amis !
La Commune reconnaissante !

Au Bienfaiteur des pauvres !

« Celui qui était élevé à l'entrée du cimetière portait ce simple mot :

Regrets !

« La foule nombreuse de Saint-Michel et des environs n'a pu trouver place dans l'église ; l'évêque de Soissons a tenu à officier lui-même. On a entendu d'excellents chœurs exécutés par des artistes, venus exprès de Paris pour la circonstance et dont le mérite est au-dessus de tout éloge.

« Après l'absoute, l'archevêque de Cambrai, dans un discours éloquent, a déploré la fin prématurée du fils de M. Savart et rendu un juste hommage au père qui, parti jeune et pauvre de Saint-Michel, a su, par sa seule énergie, arriver à la haute position que nous lui connaissons. Puis il a rendu un juste hommage au travail, la suprême noblesse de l'homme. Ce n'est pas sans une vive émotion que nous avons appris de la bouche de l'éminent prélat la résolution de

M. Savart, qui va doter prochainement notre
commune d'un hôpital destiné aux vieillards non
seulement de Saint-Michel, mais de tout le
canton.

« L'évêque de Soissons a ensuite béni la chapelle funéraire, chef-d'œuvre d'art, où l'on admire
les deux groupes de M. Delaplanche, le grand
artiste sculpteur, premier prix de Rome, l'un,
symbolisant la Charité qui tient dans ses bras un
enfant et abrite un vieillard dans les plis de son
manteau ; l'autre représente le Travail ; c'est
M. Savart en tenue d'atelier, donnant à un
apprenti les premières notions de la cordonnerie.

« Ensuite, M. Savart, avec une courtoisie parfaite, a réuni dans une des salles de l'Orphelinat,
où il donne l'hospitalité à deux cents jeunes
filles, environ deux cent cinquante invités. Différents toasts ont été portés à M. Savart ; nous
avons remarqué particulièrement celui porté par
M. Loncle, maire de la commune, qui a retracé
avec un tact parfait, les diverses périodes de la
vie laborieuse de notre compatriote et les titres
nombreux que notre bienfaiteur et sa digne compagne ont à la reconnaissance publique.

« M. Soye, député, qui avait tenu à s'associer
à ce deuil d'un homme de bien, répondant à un

toast qui lui était porté par M. Savart, a rappelé en quelques mots vivement sentis, tout l'intérêt qu'il porte aux œuvres de bienfaisance de notre honoré concitoyen. »

Paris-Imp. PAUL DUPONT, 41 rue Jean-Jacques-Rousseau. — 2966. 4°, 81

40

www.ingramcontent.com/pod-product-compliance
Lightning Source LLC
Chambersburg PA
CBHW070810260626
47161CB00006B/2224